Inbar Heller Algazi

Moumoute

et la boîte aux trésors

Moucheron
l'école des loisirs
11, rue de Sèvres, Paris 6e

Loi n° 49.956 du 16 juillet 1949 sur les publications
destinées à la jeunesse : avril 2023
Dépôt légal : avril 2023
Imprimé en France par Gibert-Clarey Imprimeurs
à Chambray-lès-Tours

ISBN 978-2-211-32918-7

À Madeleine et son tonton.

Moumoute,
comme chaque année,
passe ses vacances
chez mamie,
dans les montagnes.

Il tient dans ses mains
une boîte à biscuits.

La boîte est vide. C'est un cadeau de mamie, et ça va être sa boîte à trésors.

Mais où est-ce qu'on trouve des trésors ?

Mamie dit souvent :
« S'il y a bien un endroit
au monde qui est rempli
de trésors, c'est la forêt. »

Sur le chemin, il voit
des traces.
Peut-être un loup ?
Hélas, il ne peut pas mettre
les traces dans sa boîte.

Un rayon de lumière
tombe dans la boîte
de Moumoute, mais
dès qu'il bouge,
le rayon disparaît.

« Ça fait des heures
que je marche et je ne
trouve RIEN du tout ! »
s'exclame Moumoute.

PLONG !
Moumoute a marché
tout droit, le nez en l'air,
et s'est cogné.
« Ça va, monsieur l'ourson ? »
demande une petite voix.

Moumoute essuie ses
larmes avec sa manche.

« On te regarde depuis tout à l'heure, dit le tout-petit. Tu cherches quoi ? »

Le tout-petit sourit :
« Moi, c'est Mouchka. »
Moumoute retient
un dernier snif.

« Moi, c'est Moumoute.
Je cherche des trésors
mais je pense qu'il n'y
en a pas ici.
– N'importe quoi !
notre forêt est remplie
de trésors ! » dit Mouchka.

Tous les tout-petits
se mettent à courir
dans tous les sens.
Disparaissent.
Et réapparaissent.

Un caillou

Une patte
d'araignée

Une aile
de papillon

Des feuilles
aux formes étranges

Une fleur
sèche

Moumoute ne trouve pas
les mots pour remercier
les tout-petits.

Mais il a quelque chose
dans la poche.

« Tenez, c'est pour vous.
C'est un crayon.
– Nous, on écrit avec des bouts de bois sur la terre, dit Mouchka.

ABCDE
FGH

— Mais là, les lettres restent à leur place ! Ni la pluie ni le vent ne les effacent ! C'est magique ! »

Au moins dix tout-petits
se regroupent pour porter
le crayon.

Ils avancent ensemble
et disparaissent derrière
un arbre.

« Au revoir, Moumoute, dit Mouchka. Ce n'est pas tous les jours qu'on croise un ours gentil comme toi. » Moumoute sourit.

C’est l’heure de rentrer.

Le cœur léger, Moumoute
reprend le chemin
qui le ramène chez mamie.

« Quels merveilleux trésors tu as trouvés, mon petit Moumoute ! » s'exclame mamie.

C'est à ce moment-là
qu'ils entendent
un bruit à la porte.

Oh, une lettre !

cher 

merci

pour le 

viens nous

visiter

dans la

bientôt

boire du 

ensemble.

bisous

Mouchka &

Ce soir-là, Moumoute
s'endort avec une seule
envie, reprendre le sentier
et revoir ses amis
les tout-petits.